Yo quiero ser...

Lada Josefa Kratky

D0503752

NATIONAL GEOGRAPHIC LEARNING | CENGAGE Learning®

Hola. Yo me
llamo Yolanda.

Me gustan las vacas.

Yo quiero ser ranchera.

Hola. Yo me llamo Yamir.

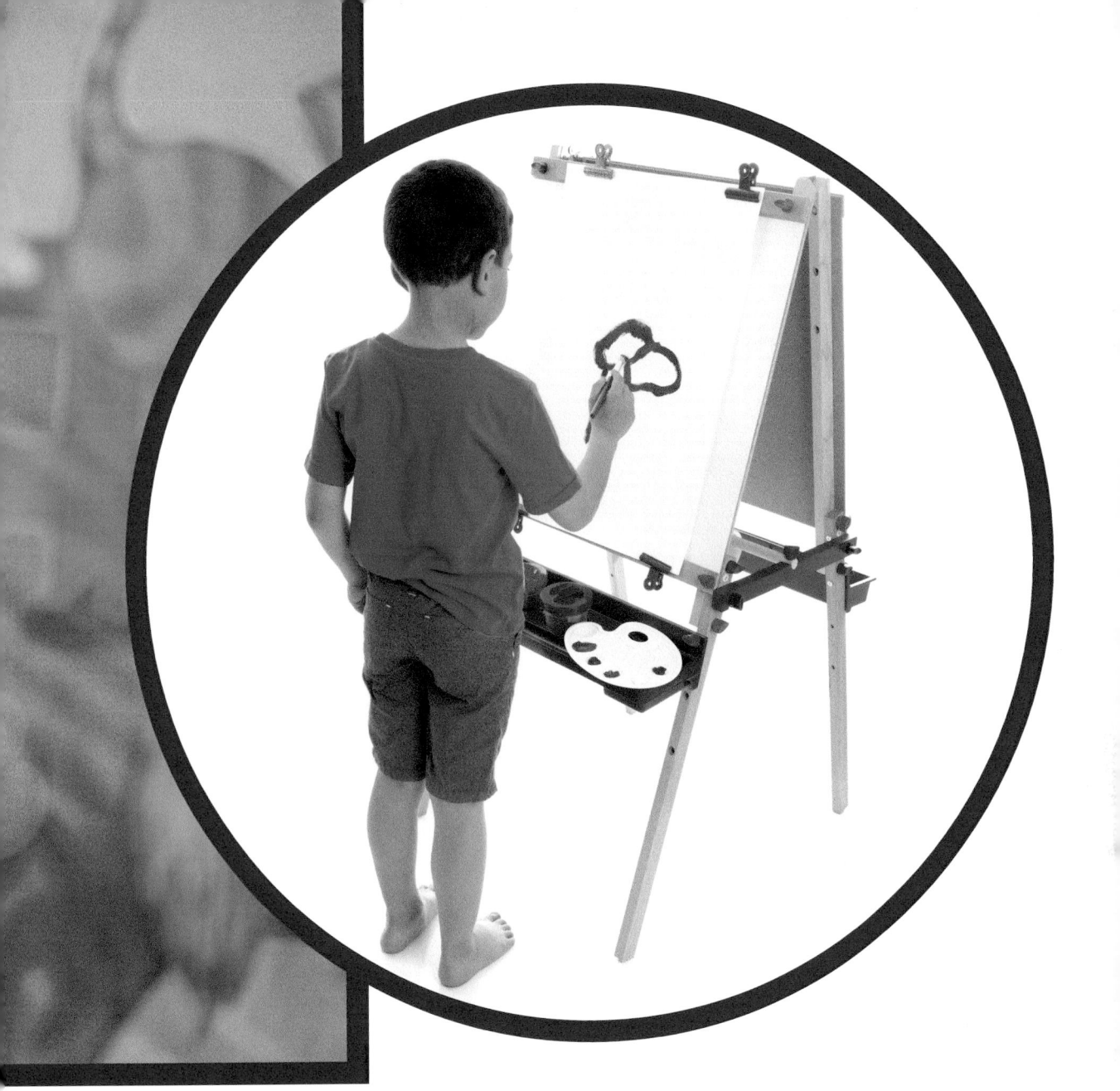

Me gusta pintar.

Yo quiero ser pintor.

Hola. Yo me
llamo Yazmin.

Me gusta jugar
a la pelota.

¡Yo quiero ser campeona!